Aus dem Englischen übersetzt von Walter Müller.

ISBN 3-85195-170-0

Printed in Austria by Druckhaus Nonntal, Salzburg.

Folgende Bücher wurden von Lisbeth Zwerger illustriert und sind im BILDERBUCHSTUDIO Verlag Neugebauer Press, Salzburg–München, erschienen:

DAS FREMDE KIND, E.T.A. Hoffmann
DAS MÄRCHEN VON ROSENBLÄTTCHEN, Clemens Brentano
NUSSKNACKER UND MAUSEKÖNIG, E.T.A. Hoffmann
HÄNSEL UND GRETEL, Brüder Grimm
DIE SIEBEN RABEN, Brüder Grimm
ROTKÄPPCHEN, Brüder Grimm
DAS GESCHENK DER WEISEN, O. Henry
DÄUMELIESCHEN, Hans Christian Andersen
DER SCHWEINEHIRT, Hans Christian Andersen
DIE NACHTIGALL, Hans Christian Andersen
DER SELBSTSÜCHTIGE RIESE, Oscar Wilde
DIE RETTER DES LANDES, Edith Nesbit

Erhältlich in allen guten Buchhandlungen!

Edith Nesbit
Lisbeth Zwerger

DIE RETTER DES LANDES

BILDERBUCHSTUDIO, Verlag Neugebauer Press, Salzburg–München

Edith Nesbit DIE RETTER DES LANDES

Angefangen hatte alles damit, daß Effie etwas ins Auge geflogen war. War das ein Schmerz! Es brannte schrecklich! Wie... wie wenn einem eine Mücke... aber das war keine Mücke... obwohl es Beine und Flügel wie eine Mücke hatte. Effie rieb sich das Auge und weinte... das heißt: Die Tränen kamen ganz von selbst. „Papa, es tut schrecklich weh!" Ihr Vater wußte genau, was in einem solchen Fall zu tun war; schließlich war er Arzt. Also nahm er einen weichen Pinsel, tauchte die feinen Borsten in Rizinusöl... „Höchst merkwürdig", sagte er, als er die Mücke , die keine Mücke war, aus Effies Auge befreit hatte.

Es war nicht das erste Mal, daß Effie etwas ins Auge geflogen war. „Das ist ganz natürlich", hatte der Vater jedesmal gesagt, „ein bißchen unangenehm, klar, aber völlig natürlich!"

Also – derart merkwürdig hatte er bisher noch nie etwas gefunden.

„Es ist immer noch drinnen", klagte Effie und drückte ihr Taschentuch an das gerötete Auge. Das glaubt jeder, der eben noch etwas im Auge gehabt hatte, jeder!

„Es *ist* heraußen", versicherte der Doktor, „ich habe es hier auf dem Pinsel. Wirklich höchst merkwürdig!"

Effie konnte sich nicht erinnern, daß ihr Vater jemals irgendetwas, das mit ihr zu tun hatte, *höchst merkwürdig* gefunden hätte. „Was ist denn los?!" fragte sie ungeduldig.

Ganz vorsichtig trug der Doktor den Pinsel durch das Zimmer; dann legte er die Pinselspitze auf die kleine Spiegelplatte seines Mikroskopes. Seine Finger drehten flink an den Messingschräubchen. Mit dem rechten Auge blickte der Doktor durch die Metallröhre. „Das gibt's doch gar nicht!" rief er aus. „Also, ich bin sprachlos! Vier tadellos entwickelte Gliedmaßen, ein Schwanzfortsatz, fünf Krallen von unterschiedlicher Ausprägung... *Lacerta agilis,* könnte man meinen... aber da sind dann noch diese Flügelansätze... Merkwürdig!" Das eigenartige Wesen unter dem Mikroskop-Auge krümmte sich ein wenig im Rizinusöl.

„Natürlich! Fledermausflügel! – Eine neue Spezies, gar keine Frage! Effie, lauf sofort zum Professor... er soll einen Sprung herüberkommen. Beeil dich, Kind!"

„Fünf Pfennige!" sagte das Mädchen und hielt vorsichtshalber gleich die Hand auf.

„Schließlich bist du durch mich zu diesem Spezial-Spezies-Ding gekommen. Wenn ich es nicht so vorsichtig im Auge behalten hätte, dann... und außerdem tut das Auge immer noch schrecklich weh!" Der Doktor war so angetan von seiner Entdeckung, daß er Effie einen ganzen Schilling in die Hand drückte.

Dann kam der Professor. Er blieb gleich zum Essen. Den ganzen Nachmittag lang debattierte er mit dem Doktor höchst angeregt darüber, was denn da wirklich in Effies Auge geflogen sein mochte... Name der Spezies... Abstammungsgeschichte... Gattungssysteme...

Die Teepause kam – und wieder geschah etwas Merkwürdiges. „Ein Ohrwurm!" rief Harry, Effies Bruder, und fischte ein Tierchen aus seiner Tasse. Er wollte es gerade auf den Fußboden werfen, um mit seinem festen Schuh... nun ja, was man halt mit Ohrwürmern, die sich in den Nachmittagstee verirrt haben, zu machen pflegt... Aber da zuckte das Ding auf dem Löffel, faltete zwei winzige tropfnasse Flügel aus und fiel – plumps – auf die Tischdecke. „Hey, das ist ja eine Kaulquappe!" rief Harry.

Der Doktor konnte gar nicht so schnell schauen – schon hatte sich der Professor über das eigenartige Etwas gebeugt. „Harry, mein Junge, da hast du eine Krone!" sagte er und hob mit dem Taschentuch die „Kaulquappe" vorsichtig hoch. „Völlig neue Spezies!" schwärmte der Professor. „Noch schöner als Ihr Exemplar, Doktor!" Eine kleine Echse war das wohl, einen knappen Zentimeter lang, mit Schuppen und Flügeln.

Jetzt hatten sie beide ihr Prachtstück, der Doktor und der Professor, und sie waren glücklich darüber. Nur... bald waren ihre wertvollen Exemplare gar nicht mehr so wertvoll. Und das kam so: Am folgenden Morgen war das Hausmädchen gerade damit beschäftigt, die Stiefel des Doktors zu putzen. Plötzlich ließ es Stiefel, Schuhbürste und Cremedose fallen und begann furchtbar zu schreien: „Ich habe mich verbrannt!!!"

Aus dem Stiefel kam eine Echse gekrochen, so klein wie ein junges Kätzchen, mit hübschen, glänzenden Flügeln.

„Aber natürlich!" rief Effie. „Das ist ein Drache... so einer, den der heilige Georg getötet hat!"

Effie hatte recht. An diesem Nachmittag wurde Tasso, ihr Hund, von einem Drachen gebissen. Tasso hatte ihn für ein Kaninchen gehalten. Am nächsten Morgen stand es in allen Zeitungen: „Geflügelte Eidechsen... in allen Teilen des Landes gesichtet..." Von *Drachen* war nicht die Rede. Kein Mensch glaubt heutzutage an Drachen, und die Zeitungen wollen sich nicht lächerlich machen. Zunächst waren es ja nur ein paar. Aber nach ein, zwei Wochen sah man das Land vor lauter Drachen kaum mehr. Drachen in allen Größen! Wie Krähenschwärme verfinsterten sie den Himmel. Sie hatten alle grüne Schuppen, vier Beine,

einen langen Schwanz und riesige Fledermausflügel... nein, eigentlich keine Fledermausflügel... ihre Flügel waren gelblich-bleich und durchscheinend wie das Butterbrotpapier, aus dem man Spielzeugdrachen bastelt.
Sie schnaubten Feuer und spuckten Rauch – wie richtige Drachen! Doch die Zeitungen berichteten immer noch von *Eidechsen*, bis... ja, bis eines Tages der Herausgeber der Zeitung *Standard* von einer besonders großen *Eidechse* geschnappt und entführt wurde. Und als schließlich gar der größte Elefant aus dem Städtischen Tiergarten verschleppt wurde, von einem Drachen natürlich, gab auch die Presse ihre Beschwichtigungs- und Beruhigungskampagne auf. *„Verheerende Drachenplage!"* war in großen Buchstaben zu lesen.
In der Tat, es war verheerend. Verheerend und – lästig. Die besonders großen Drachen waren natürlich besonders unangenehm. Eine kleine Schwäche hatten diese Exemplare freilich: Sie gingen früh zu Bett, weil sie die kühle Nachtluft nicht vertrugen. Wer also tagsüber daheim blieb, war vor ihnen so gut wie sicher. Die kleinen Drachen hingegen waren die geborenen Plagegeister. Die so klein waren wie Ohrwürmer, plumpsten ständig in die Suppe oder blieben an der Frühstücksbutter hängen. Die so groß wie Hunde waren, kletterten am liebsten in die Badewanne. Und wenn man das kalte Wasser aufdrehte, dann dampften sie ungeheuerlich – sie steckten ja voller Rauch. Wer nicht aufpaßte, konnte sich ganz schön verbrühen an diesen ungebetenen Badewannegästen. Die taubengroßen Drachen wiederum verkrochen sich in Nähkörben und Wäscheladen und bissen zu, wenn man einfach so nach einer Stopfnadel oder einem Taschentuch greifen wollte. Den Drachen von der Größe ausgewachsener Schafe konnte man wenigstens ausweichen; man sah sie schon von weitem. Aber manchmal flogen sie geradewegs vom Fenster herein, schlüpften unter die nächstbeste Daunendecke, und man entdeckte sie erst, wenn man müde ins Bett stieg. Es war jedesmal ein arger Schock! Diese Drachenart fraß zwar keine Menschen, nur Salat, dafür versengten die Biester jedesmal das Leintuch und die Polsterbezüge ganz erheblich.
Stadtverwaltung und Polizei taten alles, was in ihrer Macht stand. Früher bot man in solchen Fällen mutigen Drachentötern einfach die Hand der Prinzessin an. Auf eine Prinzessin kam damals höchstens ein Drache. Aber diese Zeiten waren vorbei. Jetzt gab es unendlich mehr Drachen als Königstöchter... obwohl die Königliche Familie mit zahlreichen Mädchen gesegnet war.
Außerdem wäre es auch die pure Verschwendung von Prinzessinnen gewesen,

SHOP
THE STANDARD
THE STANDARD
ALARMING
PLAGUE OF
DRAGONS

da ohnehin jeder möglichst viele Drachen besiegen wollte – ganz ohne versprochene Belohnungen. Endlich diese widerlichen Drachen loswerden – das war Ansporn genug! Die Stadtverwaltung übernahm die kostenlose Verbrennung aller Drachen, die zwischen zehn und zwei Uhr vor dem Rathaus abgeliefert wurden. Autoladungen, Lastwagenladungen, Waggonladungen voller toter Drachen wurden herbeigeschafft, Tag für Tag, die ganze Woche lang.
Die Burschen schleppten sie in kleinen Holzkarren an, Schulkinder brachten sie in ihren Schultaschen oder in ihren Taschentüchern... ein, zwei Handvoll kleiner Drachen jedesmal. Und trotzdem: Es gab mehr Drachen als je zuvor! Die Polizei errichtete mächtige Türme aus Holzlatten und Segeltuch, das mit Spezialleim bestrichen war. Wenn die Drachen gegen dieses Bollwerk flogen, blieben sie kleben, wie Fliegen oder Wespen an den Insektenstreifen in der Küche kleben bleiben. War so ein Turm mit Drachen voll beklebt, dann wurde er vom Polizeiinspektor niedergebrannt, mitsamt den Tieren.
Und trotzdem: Es gab mehr Drachen als je zuvor! *Spezial-Drachengift, Anti-Drachenseife, drachensichere Vorhänge* – die Läden waren voll von diesen Kaufangeboten.
Und trotzdem: Es gab mehr Drachen als je zuvor!
Es war ganz schön schwierig, herauszufinden, was denn nun einen Drachen wirklich töten könnte, denn sie fraßen die unterschiedlichsten Dinge. Die ganz großen Exemplare stürzten sich auf Elefanten, solange es noch Elefanten gab. Dann stiegen sie auf Pferde und Kühe um. Eine andere Drachenart ernährte sich von – Maiglöckchen. Eine dritte Gruppe verschlang am liebsten Ministerpräsidenten; doch da diese eher rar zu sein pflegen, gaben sie sich auch mit Uniformträgern jeder Art zufrieden. Dann gab es welche, die von Ziegelsteinen lebten. Zu dritt verdrückten sie gut zwei Drittel des Städtischen Krankenhauses an einem einzigen Nachmittag!
Doch die Drachenart, vor der Effie am meisten Angst hatte, war fast so groß wie euer Wohnzimmer daheim und fraß nichts lieber als kleine Mädchen und Buben. Zunächst hatten Effie und ihr Bruder ja allerhand Spaß an diesem tiefgreifenden Wandel in ihren Lebensgewohnheiten gehabt. Es war toll, die ganze Nacht aufbleiben zu dürfen, es war toll, im Licht der elektrischen Birnen im Garten zu spielen. Und es klang so herrlich verrückt, wenn die Mutter sagte: „Gute Nacht, meine Lieblinge, schlaft schön – den ganzen Tag! Und steht nur nicht zu früh auf! Steht nicht auf, bevor es draußen finster ist! Oder wollt ihr, daß euch so ein schrecklicher Drachen erwischt?"

TOWN HALL

Nach einiger Zeit hatten die Kinder genug von alledem. Sie wollten endlich wieder Blumen sehen, die Bäume in den Wiesen, den Sonnenschein draußen vor dem Fenster... nicht immer nur durch die Glasscheiben und drachensicheren Spezialvorhänge. Ja, auf der Wiese wollten sie wieder spielen – nachts war das Gras im Garten viel zu feucht dafür.
Der Wunsch, endlich wieder, und sei es nur ein einziges Mal, in den hellen Tag hinauszulaufen, wurde immer stärker. Ob man nicht einen ganz triftigen Grund finden konnte, warum man unter allen Umständen bei Tag aus dem Hause gehen mußte?! Andererseits wollten Effie und Harry auch nichts Verbotenes tun.
Dann kam ein Morgen, da war die Mutter mit der Zubereitung eines neuen Drachengiftes beschäftigt, das sie im Keller auslegen wollte. Und der Vater verband gerade dem Hausmädchen die Hand; ein Drache, der eigentlich auf Ministerpräsidenten spezialisiert war, hatte es gekratzt. Jedenfalls hatte an diesem Morgen noch niemand zu den Kindern gesagt: „Steht nicht auf, bis es vollkommen finster ist!"
„Okay", sagte Harry, „Keiner hat es uns verboten. Ich weiß auch genau, *was* wir jetzt tun müssen. Ich weiß nur nicht, *wie* wir es tun müssen!"
„Was müssen wir tun?" fragte Effie.
„Wir müssen den heiligen Georg aufwecken", antwortete Harry.
„Er ist der einzige, der mit Drachen fertig wird. All die Märchenfiguren – ach, vergiß sie! Der heilige Georg ist echt, er schläft bloß und wartet darauf, geweckt zu werden. Heutzutage glaubt ja keiner mehr an ihn... Papa hat das neulich auch gesagt..."
„Wir glauben an ihn", rief Effie.
„Klar!" sagte Harry. „Man kann Leute nur zum Leben erwecken, wenn man an sie glaubt! Wir müssen ihn einfach aufwecken!"
Effie nickte begeistert. Bloß: Wo würden sie den heiligen Georg finden?
„Wir müssen ihn eben suchen", meinte Harry ziemlich bestimmt. „Zieh dir was Drachensicheres über... am besten etwas aus diesem Vorhangstoff! Ich werde mich mit dem stärksten Drachenschutzöl einschmieren und..."
„Ich hab's!" rief Effie plötzlich und klatschte in die Hände. „Ich weiß, wo wir den heiligen Georg finden können... in der St. Georgs-Kirche selbstverständlich!"
Daß mir das nicht eingefallen ist, dachte Harry. „Gar nicht so übel", sagte er.
Am nächsten Nachmittag jedenfalls, lange bevor die Sonne sich ans Untergehen machte und die Erwachsenen noch zu tun hatten, standen die beiden Kinder auf.

Effie hüllte sich fest in ein drachensicheres Vorhangtuch – es blieb keine Zeit, ein eigenes Anti-Drachenkleid zu nähen; und Harry bestrich seinen Körper zentimeterdick mit dem stärksten Drachenschutzöl. *Unschädlich für Kinder und Kranke* stand auf der Flasche. Harry war beruhigt.

Sie nahmen sich an der Hand und gingen zur St. Georgs-Kirche. Wie ihr wißt, gibt es viele St. Georgs-Kirchen, aber – Gott sei Dank – irgendwie schlugen die Kinder genau die richtige Richtung ein. Und wie sie da so marschierten im vollen, warmen Sonnenlicht, kamen sie sich ziemlich mutig vor.

Kein Mensch war auf der Straße – nur Drachen. Glücklicherweise keine von der Sorte, die kleine Mädchen und Buben fressen, sonst... ja, sonst würde diese Geschichte hier schon zu Ende sein. Auf dem Gehsteig lagen Drachen. Auf der Straße lagen Drachen. Drachen lagen auf den Treppen zu den öffentlichen Gebäuden und sonnten sich. Sogar auf den Dächern lagen Drachen und putzten sich gemütlich ihre Flügel. Die Stadt war grün vor lauter Drachen!

Auch die Felder außerhalb der Stadt waren grüner als sonst – so viele Schuppentatzen und Drachenschwänze glänzten da in der Nachmittagssonne. Drachen der kleineren Art hatten sich richtige Asbest-Nester gebaut und dösten darin zufrieden in den Weißdornhecken.

Effie drückte Harrys Hand ein wenig fester. Und einmal, als ein häßliches, fettes Drachenvieh sie mit dem Flügel am Ohr streifte, da schrie das Mädchen ganz laut auf. Sofort flatterte ein Schwarm dieser grünen Ungeheuer auf und flog mit mächtigen Flügelschlägen in alle Windrichtungen davon.

„Ich will nach Hause!" rief Effie.

„Kindereien!" fiel ihr Harry ins Wort. „Denk an die Furchtlosen Sieben... oder an all die tapferen Prinzen! Leute, die gerade dabei sind, Retter ihres Landes zu werden, haben keine Angst und jammern nicht, verstanden?!"

„Und wir...", fragte Effie, "...wir sind die Retter?"

„Wirst du schon sehen", sagte Harry; dann gingen sie weiter. Das Portal stand weit offen, als die beiden Kinder zur St. Georgs-Kirche kamen. Ohne zu zögern traten sie ein – aber weit und breit war kein heiliger Georg zu sehen!

Dann suchten sie draußen, auf dem Friedhof hinter der Kirche... und tatsächlich: Da war das steinerne Grabmal des Heiligen – und er selbst, aus Marmor gemeißelt, mit Helm und Rüstung, die Hände über der Brust gefaltet.

„Wie kriegen wir ihn jetzt bloß wach?!" Die Kinder waren ziemlich ratlos.

Zuerst sprach Harry zum heiligen Georg – keine Antwort. Harry sprach lauter –

der heilige Georg schien ihn gar nicht zu hören. Zuletzt packte der Bub den großen Drachentöter an den marmornen Schultern und schüttelte ihn kräftig – nichts! Effie schlang ihre Arme um den Hals des Heiligen, küßte sein kaltes Steingesicht und weinte: „Lieber, liebster, allerliebster heiliger Georg, bitte, wach auf und hilf uns!"
Und tatsächlich, der heilige Georg schlug die Augen auf, dehnte seine müden Glieder und murmelte: „Was ist los, Mädchen?"
Die Kinder erzählten ihm alles. Der Heilige drehte sich auf seinem Steinsockel ein wenig zurecht; jetzt lehnte er halbwegs bequem auf seinem linken Ellenbogen und hörte aufmerksam zu. Als er erfuhr, um wieviele Drachen es ging, schüttelte er resignierend den Kopf. „Tut mir leid", meinte er, „das ist zuviel für den alten Georg. Ja, hättet ihr mich früher geweckt, dann... vielleicht... Ich war stets für einen fairen Kampf zu haben – ein Mann, ein Drache, versteht ihr?"
Genau in diesem Moment brauste ein Drachenschwarm über ihre Köpfe hinweg, und der heilige Georg wollte schon fast sein Schwert ziehen. „Tut mir leid", wiederholte er und steckte das Schwert zurück in die Scheide, „ich kann euch wirklich nicht helfen. Mein Gott, was sind das für Zeiten! Das hat übrigens auch der heilige Andreas gesagt. Ihn haben sie neulich beim Metallarbeiterstreik aufgeweckt, er hat mir davon erzählt. Heutzutage wird alles von Maschinen erledigt, hat er berichtet. Irgendwie müßte man doch mit diesen Drachen fertigwerden! Äh... wie war denn eigentlich das Wetter so in der letzten Zeit?"
„Der hat vielleicht Sorgen", dachte Harry, aber Effie antwortete geduldig: „Prächtig! Vater sagt, es wäre der heißeste Frühling seit langem!"
„Hab ich mir fast gedacht", brummte der heilige Georg. „Also, die einzige Möglichkeit wäre... ich meine, Drachen vertragen alles – nur kein feuchtes, kaltes Wetter. Ja, so könnte es klappen! Ihr müßt unbedingt die Schalthähne finden!"
Der heilige Georg streckte sich auf seinem Marmorbett aus.
„Gute Nacht... tut mir wirklich leid, aber ich..." – Und dann gähnte er unendlich lange hinter der vorgehaltenen steinernen Hand.
„Hilf uns, bitte", flehte Effie, „welche Schalthähne meinst du?"
„Na ja, Schalthähne... wie im Badezimmer", flüsterte der Heilige mit seiner müdesten Stimme. „Ach ja, da gibt es auch einen Spiegel... die ganze Welt sieht man darin... und was in ihr vorgeht. Eine tolle Sache, hat der heilige Diokletian gesagt. Nicht böse sein, aber ich kann einfach nicht mehr... gute Nacht!"
Und schon schlief er.

„Diese Schalthähne finden wir ja doch nicht", meinte Harry traurig. „Aber stell dir vor, der heilige Georg würde noch einmal wach, wenn gerade so ein Drache anflattert, der... Helden frißt – schrecklich!" Effie nahm sogleich ihr drachensicheres Vorhangtuch von der Schulter. „Wohnzimmergroßen Drachen sind wir bisher ohnehin nicht begegnet", sagte sie tapfer, „wird wohl auch keiner mehr auftauchen!"
Sie deckte den heiligen Georg mit dem schützenden Tuch zu, und Harry kratzte zwei Hände voll Anti-Drachenöl von seinem Körper und rieb es auf die Rüstung des Heiligen, daß dem berühmten Drachentöter nur ja nichts geschehe.
„Wir verstecken uns in der Kirche, bis es finster ist", sagte Harry, „und dann..."
In diesem Augenblick wurde es finster! Ein schwarzer Schatten eines Drachen, groß wie ein Wohnzimmer!
Jetzt ist es aus, dachten die Kinder. Da hatte sie der Drache auch schon in seinen Krallen; Effie hielt er am Gürtel, Harry an der Rückenspange seiner Jacke fest. Ab ging's, durch die Lüfte, und seine Schwingen knarrten wie morsche Zaunlatten im Herbststurm.
„Ach Harry", jammerte Effie, „glaubst du, er frißt uns?" Der Drache schwang sich über Wälder und Felder; mit jedem Flügelschlag waren sie eine Viertelmeile weiter. Unter ihnen zog das Land vorbei, Hecken, Flüsse, Kirchen und Häuser; das zog alles viel schneller vorbei, als wenn man im schnellsten Schnellzug durch das Fenster blickt.
Der Drache flog und flog. Auch andere Drachen segelten durch die Lüfte. Aber ihr wohnzimmergroßes Monster raste einfach weiter, ohne je haltzumachen.
„Der weiß, wohin er will", rief Harry und fügte kleinlaut hinzu: „Laß uns doch vorher fallen, Drache... bitte!"
Aber der Drache ließ nicht locker; er flog und flog. Die Kinder waren schon ganz schwindelig, da landete er endlich mit lautem Flügelgeknatter auf dem Gipfel eines Berges. Völlig außer Atem von diesem Gewaltflug, ließ er sich auf seinen grünen Schuppenpanzer fallen und keuchte erbärmlich. So erschöpft er auch war – seine scharfen Krallen saßen unerbittlich in Harrys Jackenspange und Effies Gürtel.
Effie hatte zufällig das kleine Messer bei sich, das Harry ihr zum Geburtstag geschenkt hatte – ein billiges Exemplar, mit dem man bestenfalls Bleistifte spitzen konnte. Aber irgendwie schaffte es das Mädchen, damit seinen Stoffgürtel durchzuschneiden. Ganz vorsichtig kroch Effie heraus; der Drache hatte nichts

als die grüne Gürtelschleife in den Krallen. Harrys Jackenspange hätte das stumpfe Messerchen nie im Leben durchgesäbelt, obwohl sich Effie sehr viel Mühe dabei gab. Und so schlüpfte Harry ganz vorsichtig aus den Ärmeln, und der Drache hatte nichts als die leere Jacke in der Klaue.

Auf Zehenspitzen schlichen die Kinder zu einem Felsspalt... und huschten hinein; der Spalt war viel zu eng für einen ausgewachsenen Wohnzimmerdrachen. Dieser bäumte sich gerade auf, ausgeruht genug, um mit der Mahlzeit zu beginnen. – Er war schrecklich wütend, als die Kinder aus dem Felsspalt hervorgrinsten und freche Grimassen schnitten. Mit aller Kraft blies er ihnen Feuer und Rauch entgegen, aber Harry und Effie liefen so weit in die Höhle hinein, daß er ihnen nichts anhaben konnte. Völlig ausgebrannt vom Feuerspucken, zog der Drache wutschnaubend ab.

Aus der Höhle wagten sich die Kinder dennoch nicht, also stapften sie weiter und weiter, bis der Felsengang ganz breit wurde. Schließlich, ganz am Ende der Höhle, standen sie vor einer Tür mit folgender Aufschrift:

ZENTRALER SCHALTRAUM – PRIVAT ! UNBEFUGTEN IST DER ZUTRITT VERBOTEN!

Trotzdem öffneten sie die Türe – sie waren einfach zu neugierig.

„Draußen lauert der Drache auf uns; wir haben gar keine andere Wahl", erklärte Harry. Und sie traten entschlossen in den Schaltraum und zogen die Türe hinter sich zu.

Jetzt standen sie in einem Saal, der aus dem massiven Fels herausgemeißelt worden sein mußte. Da gab es ein kompliziertes Röhren- und Schalthahnsystem mit den seltsamsten Anschluß- und Abzweigleitungen, Winkelverschraubungen und Rohrschellen und Messingrädern. Hinter diesen Rädern (in der Felswand befestigt) waren kleine Täfelchen aus Email. *Sonne* stand auf einem der Schilder hinter den sechs großen Radhähnen. *Wind, Regen, Schnee, Hagel* und *Eis* auf den anderen. Da gab es auch eine ganze Menge kleinerer Schalthebel und Ventile mit Aufschriften wie *Heiter bis wolkig, Schauerneigung, Atlantisches Tief, Berg- und Tourenwetter, Südwind* oder *Windstille.* Der große *Sonne*-Radhahn war jedenfalls voll aufgedreht. Den Sonnenschein selbst konnte man nicht sehen in der Höhle, Licht fiel nur durch ein bläuliches Fenster an der Felsendecke in den Saal. „Also werden die Sonnenstrahlen wohl durch dieses Röhrengewinde an den Wänden ins Freie geleitet", überlegten die Kinder.

Dann entdeckten sie den riesigen Spiegel. Und im Spiegel sah man die Welt und alles, was in ihr so passierte. Effie und Harry erspähten die Karren mit den toten

Drachen vor den Gebäuden der Stadverwaltung... und den heiligen Georg, wie er unter dem drachensicheren Tuch friedlich schlief. Und dann sahen sie ihre eigene Mutter, die sich die Augen ausweinte, weil ihre Kinder in diesen schrecklich gefährlichen Tag gelaufen waren. Jetzt waren sie womöglich schon von einem dieser furchtbaren Drachen gefressen worden!
Die Kinder erblickten im Spiegel das ganze Land – wie auf einer großen Landkarte: Felder, Städte, Fabriken. Und alles war grün vor lauter Drachen. Auch daß draußen noch heller Tag war, konnte man sehen, und daß sich kein einziger der Drachen schon zur Ruhe begeben hätte.
„Drachen vertragen keine Kälte – hat der heilige Georg gesagt", rief Effie aufgeregt und versuchte sofort den *Sonnen*-Radhahn zuzudrehen. Aber das Rad war eingerostet. Das war vermutlich auch der Grund für das anhaltende Hitzewetter der letzten Zeit gewesen... und der Grund dafür, daß so unheimlich viele Drachen aus den Eiern schlüpfen konnten. Der *Sonne*-Hahn ließ sich kein bißchen bewegen, darum stürzten sich die Kinder auf den *Schnee*-Hahn und drehten ihn voll auf.
Im Spiegel konnten sie sehen, wie die Drachen (alle Arten, die es gab) durcheinander rannten wie Ameisen, die man mit einem Haselnußstock aufstöbert und beim Arbeiten stört – was ihr, die ihr gerade dieses Buch lest, gewiß niemals tut, stimmt's?
Es schneite, schneite, schneite...
Dann kam der *Regen*-Hahn an die Reihe. Effie drehte wieder bis zum Anschlag auf, und die Drachen begannen zu zappeln, zu zucken, bis sie schließlich still und steif liegenblieben. Das viele Wasser hatte das Feuer in ihren Leibern ausgelöscht.
Dann ließen es die Kinder auch noch hageln, aber nur soviel, daß keine Fensterscheiben kaputtgehen konnten. Bald rührte sich kein Drache mehr. Alle waren tot.
„Wir sind also tatsächlich die Retter unseres Landes geworden", dachten die Kinder ein bißchen feierlich.
„Sicher wird man uns ein Denkmal errichten, mindestens so ein großes wie für Admiral Nelson... mindestens!" rief Harry.
„Effie, die Drachen sind tot – alle!!"
„Ich hoffe nur, auch der Drache draußen vor der Höhle", meinte Effie leise.
„Und was das Denkmal betrifft... na ich weiß nicht so recht, Harry. Diese Berge von toten Drachen! Es dauert sicher Jahre und Jahre, bis alle vergraben sind. Verbrennen kann man sie ja nicht mehr, dazu sind sie einfach zu naß geworden! Vielleicht spült sie der Regen irgendwann ins Meer..."

FAIR TO
SOUTH-BREEZE
SKATING
SUNSHINE
WIND
RAIN

Das tat er nicht, und die Kinder kamen sich auf einmal gar nicht mehr wie die großen Retter des Landes vor.
„Möchte bloß wissen, wozu dieses alte Ding da gut sein soll", murmelte Harry. Er hatte ein verrostetes Schraubventil entdeckt, das bestimmt schon eine Ewigkeit nicht mehr benutzt worden war. Man konnte das Emailtäfelchen kaum lesen vor lauter Staub und Spinnweben. Effie wischte das Schild mit dem Ärmel ihres Kleides sauber... da stand groß und deutlich: *Abfall*.
„Los, aufdrehen!" rief Effie, „so kriegen wir die Drachen los!"
Das Ventil klemmte mächtig, aber gemeinsam schafften es die Kinder schließlich doch. Sie drehten ganz auf und liefen rasch zum Spiegel zurück.
Sie sahen ein großes, rundes, schwarzes Loch mitten auf der Landkarte, mitten in ihrem eigenen Land, und der Regen schwemmte alles durch das Loch in die Tiefe.
„Hurra! Es funktioniert!!" jubelte Effie und drehte begeistert alle Hähne auf, die irgendwas mit Wasser zu tun hatten: *Schauerneigung, Wolkenbruch, Schnürlregen, Nieseln, Niederschlagstendenzen...*
Es war wie die Sintflut – Wasser schoß in Strömen durch das Land und mitten durch die Landkarte in das große, runde, schwarze Loch. Alle Drachen wurden mitgerissen und durch das gewaltige Ausgußloch gesogen, kleine, mittlere, große Drachen, auch die Wohnzimmerexemplare... einfach weg!
Kein einziger Drache, auch kein teelöffelkleiner war übriggeblieben. Und die Kinder drehten das *Abfall*-Ventil wieder fest zu. Das *Sonne*-Rad war irgendwie eingeklemmt, auch *Heiter bis wolkig* und *Schauerneigung* ließen sich nicht mehr vollends zurückdrehen... darum ist wohl unser Wetter heute so unbeständig, wie es eben ist.
Wie Effie und Harry wieder nach Hause gekommen sind, wollt ihr wissen? – Na ja, mit dem Abendzug natürlich!
Und ob das Land seinen Rettern dankbar war für alles? – Nun, das Land und seine Bevölkerung waren zunächst einmal klatschnaß. Als endlich alle wieder halbwegs trocken waren, interessierte man sich eher für neue Erfindungen wie diesen fabelhaften elektrischen Semmeltoaster – die Drachen waren bald vergessen. Kein Mensch redet über Drachen, wenn sie einmal ausgestorben sind.
Was die Eltern sagten, als Effie und Harry heimkamen?
O Gott, warum ihr Kinder immer so seltsame Fragen stellen müßt! Aber... na schön, ich verrate es euch.

Die Mutter sagte: „O, meine Lieblinge, meine armen kleinen Lieblinge, es ist alles vorbei, alles ist gut! Was euch passieren hätte können... wie konntet ihr nur... o Gott, o Gott! Ins Bett mit euch!!"
Und ihr Vater, der Doktor meinte: „Ich konnte doch nicht ahnen... ich meine, ich hätte dieses Exemplar aus Effies Auge natürlich sorgfältig aufbewahrt, wenn ich gewußt hätte... ich dachte, ich bekomme ein viel schöneres Tierchen. Aber daß diese Spezies auch so schnell aussterben würde... höchst merkwürdig!"
Der Professor sagte nichts, er rieb sich nur die Hände. Er hatte sein Exemplar noch... dieses ohrwurmkleine aus der Teetasse, für das er Harry eine ganze Krone spendiert hatte.
Er hat es heute noch. Besucht ihn halt einmal. Wetten, er zeigt es euch?!